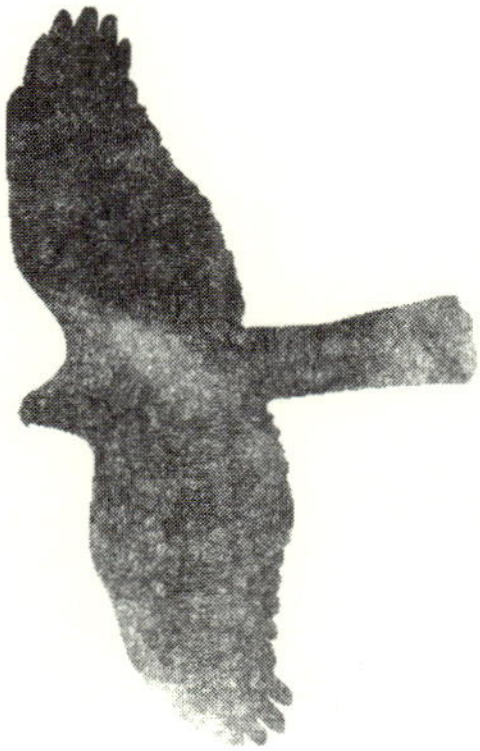

詩集

風の断片

ishihara akira
石原　明

風の断片

目次

風の断片

いつ戦は終わったのか

焼夷弾で焼けたお屋敷の庭の
焼けた百日紅の幹の一輪の蕾
焼け残った櫟林の
鍬形虫を腹一杯飲み込んだ洞
溶けて牛糞になった青硝子
戦が終息して五年後の
まだ終わっていない戦
鬼火の噂
鬼哭の噂
幽鬼の噂
饐えた噂の戦が続いていた

売春の噂
追剥の噂
殺人の噂
生臭い噂の戦が始まっていた
私たちは
無垢な猿として
半ばから折れた樫の枝を
全くに折るために
銃を知らぬ手と
ゲートルを知らぬ足とで
枝を揺さぶり
団栗の弾丸を
絨毯爆撃の凱歌をあげて
地に降り注いだ
噂の戦を終わらせるために

女たちの記憶

焼け跡でね
誓ったのよ
次の戦のときは
誰がなんと言おうと
パーマをしっかりかけて
夜会服を着込んで
B29を迎え撃ってやるわってね
もう一人の満鉄帰りの女が
潤んだ瞳で言う
支那の人には悪かったけど
もう一度

あの生活をしてみたいわと
もう一人の女が
さらにもう一人が
さらに
女たちのロンド
人民なんてクソクラエ
自由平等なんてクソクラエ
ヒューマニズムなんて
クソクラエ
この世は私のためにあると
達磨火鉢の残り少ない炭を熾しながら
世が世ならねえと
入れ替わり立ち代り
髑髏蛾のように
私の夜を占領していた

戦ごっこ

幽霊が立っている
立っていることを
子供たちは知っている

むしられた胴の代わりに
麦藁を刺された蜻蛉
肛門から麦のストローを刺された青白い
膨張した腹の青蛙
タコ糸で縛り上げられたカブトムシ
羽をちぎられた紋白蝶
遊びに飽きた夕暮れの空地の

残骸
子供たちの歌声
片目のない仔兎の沈黙
片足のない仔犬の怯えた声
生き延びたものたちは明日も
子供たちの歌声を聞く
死んだものたちは
運動靴の下で乾いた音をたてる

幽霊はそこに立っている
ガダルカナルでニューギニアでインパールで
死んだときと同じ顔をして
明日も立っているだろう
子供たちは知っている
幽霊が怖くないことを

切れかけた電燈の夜に

牡丹燈籠の語りが
真空管ラジオの
雑音の合間から途切れ
途切れに流れてくる
電燈が切れ
かかって
点滅しているのがとても
気になってそのことを
言おうとすると
我慢しなさいお給料日まで
と母が圓朝の語り口で諭す

お給料日がずっと来なかったら
（子供は余計なことを考えるものだ）

カラーンコローン
お露さんがやって来る
障子の向こうでクロが
ビロードの毛並み自慢の黒猫が
招き猫の手付きで
障子に爪を立てている
何かクロと一緒に入ろうとしているのだろうか
（子供は余計なことを考えるものだ）

カラーンコローン
お露さんが乗り移っているのか
クロが乗り移っているのかそれとも

何かがお露さんとクロに

オシッコを我慢しながら
点滅する電球が切れないことを
祈っていた
もしこのまま切れてしまったら
カラーンコローン
何がくるのだろう
この闇の奥から
（子供は余計なことを考えるものだ）

エデンの風景

見下ろす巨体のパードレ
見上げる原住民のシスターたち
見上げる猿の園児たち
見渡す限りの焼野原の
極東の国の聖なる首都の
聖家族
手作りの紙芝居のエデン
アダムとイヴの閉じられることの無い虹彩
林檎より赤く塗られた蛇の二叉の舌
誘惑の言葉は
深紅の薔薇

林檎の知は
深紅の誘惑
ああ　エデン
知のない世界に
蛇の金色の眼の反逆
神が
知の言葉だけは与えなかった楽園
神知に包まれた
子宮

天を仰ぐ巨体のパードレ
天を仰ぐ原住民のシスターたち
天を仰ぐ猿の園児たち
聖家族に
知の言葉はいらない

ああ　エデン
天を仰がずに
焼野原に焼け焦げて子供を守った
母を信じている
一匹の猿の園児が
ひっそりと
イヴと
金色の眼の蛇とが交わした
初めての言葉を
解読しようとしていた

日の暮れる前に

なにごとも手早いことが
肝要です
ぐずぐずしていては死体が
腐敗してしまいます
腐敗しますと
足が死体にめり込んで
歩きにくくなります
腐敗する前に
さっさと踏みつけて
向こう側に渡りましょう
耳栓を忘れないでください

なかには死に切れない死体もあって
踏みますと
呻いたりしますから
サングラスも
したほうがいいでしょう
いちいちデスマスクを見ていたら
いちいち記憶が
陽炎になってしまいますから
つまらぬことは
手早くすませましょう
ほどよく煮込んだスープの
香りと音と色合いと
必要なのは
それだけ
向こう側に必要なものは

それだけなのです
腐敗する前に
記憶が臭気となる前に
さっさと渡りましょう
何事も手早く
日の暮れる前に

恋唄

あなたはいつから狂を発したのか

虚無に喰い尽されたあなたにはもう
唄は唄えない
それでも暗い眼窩は溶けさった
眼球を想って涙を流すのか
唄を唄えないあなたの
代わりに
雲雀の高音も
土竜の低音も
あなたと一緒に失われてしまったが

漣のような日々の暮らしの音程で
唄ってあげよう

あの頃あなたの網膜に映っていた
静かな湖面の下の静かな愛情を
心の鼓動が苦しくなるほどの
上がり症の義務感を
地表におずおずと頭を出した筍のような
小さな正義感を
わたしのセピアの記憶に焼き付けられた
少し翳りのある微笑みを
唄ってあげよう

あなたはいつから狂を発したのか

当てはめなさい

5W1Hに当てはめなさい
それが唯一の正解です
はみ出したものは
切り落としなさい
手でも足でもペニスでも
頭でも
なるほど
あなたは確実に
出血多量で
死ぬでしょうが
はみ出したものを

切り捨てることは
あなたが死ぬことよりも
ずっと大切なことです
怖がることはありません
サンドイッチを作るときに
食パンからはみ出た
ハムやらチーズやら野菜やらを
切り捨てるように
簡単なことです
大切なことです
隙間なく
箱に詰めることは
大切なことです
あなたの人生を
5W1Hに記述することは

鴉

ところで
と
誰かに声をかけてみる

鴉が鳴いている
誰かが泣いている
朝なのか
夜なのか
薄明るくて
吐き気がする
明日なのか

昨日なのか
いつ
私は産まれたのか
まだ胎内にいるのか

鴉が風を漁っている
目蓋の皺
の襞
の隈
の夜
の漆黒の翼の風
に吹かれて
誰かが泣いている

背後霊のように

負ぶわれて
潜った鳥居の上で
曲がった嘴の鴉が鳴いているから
誰かに声をかけてみよう

ところで
霊柩車はまだ来ないのか
と

アプラクサスの翼

たとえば
その石を
墓石と
名づける
折れた翼を地底に
埋める石を

神は悪魔
悪魔は女
女は誘惑
誘惑は死

死は女
女は男
男は神
神は悪魔

かつてひとつの卵だった破片を
たとえば
未来と
名づける
その破片の数だけの
誘惑を
アプラクサスの翼の
墓碑銘として

書き掛けの遺書

エッダの巫女は詠った
私は見た
と
神々の戦い
愛
裏切
滅亡
を
私は見た
と

わたしは何を見た
と
言うのか

朝露の巣の
女郎蜘蛛と
干乾びた蝶

石打の刑の女と
仮面の男

死斑の女と
蝶の衣裳の男を
わたしは
見た

血圧計の液晶画面に
正常値が溢れ出す

デジタルは
正常なのか

私の見ているものは
美しいのか

たぶん
どちらも
終わり方の違いにすぎない
はずである
と

エッダの巫女の歌を
記して

メメント・モリ

一瞬の凪のにがりに
凝固する空気
窒息する花弁
葬列の微風
たゆたう太陽
球形の沈黙
セルロースの痙攣
爪の無い指
指の無い爪
一瞬のまばたき
春夏秋冬

春冬夏秋
一瞬のイルミネーション
春秋冬夏
春夏秋冬
一瞬の死亡通知
骨の無い指
指の無い骨
セルロースの不完全燃焼
楕円の哄笑
破裂する月
黒枠の熱波
溶解する花芯
水没する空気
一瞬の凪の
幕間狂言

夜桜行

風が吹くたびに
花びらが
夕方降った雨に湿った土に
散り落ち
貼りつく

雨上がりの空を
小魚の群のように
埋め尽くす花びら

風は同じことを繰り返し

桜も同じことを繰り返す
時は降り積もる花びら
にすぎない

または
土から滲み出た幾千の
蛆となって
花びらを食べている

わたしと同じ顔をして
わたしを見上げながら
食べている

その上に

花びらが降り積もる
時は経過しているのだろうか
明日へ
それとも昨日へ

それとも

エクスタシー

（エクスタシー）
ではなくて

ほら吹き男爵の
伊達眼鏡の丸い縁
ではなくて
ヨーイ　スタート
飛び出したのは鉛の銃弾
ではなくて
万国旗
ではなくて

巴里市街地図

ではなくて
弾にあたった
蓑虫のように回転する
言葉
眩暈
死

ではなくて
わたしたち
ではなくて
わたし

ではなくて

言葉
（エクスタシー）
ではなくて

ロング・グッドバイ

ボヘミアン　おお　詩人

玩具箱の蓋を開けて
月曜日の朝の逆光のピエロ
君は帰還した
サーベル・タイガーを従えて
あるいは追われて
（あるいは憑かれて）
二本の牙の間に真空の言葉をくねらせて

ボヘミアン　おお　詩人

君は突然饒舌になる
牙と牙の間の
言葉と言葉の間に気泡が混じって
舌をくねらせる回数だけ
気泡は増え
閉ざされた酸素が
増殖する
君は嫌悪する
饒舌を
詩人は嫌悪する
饒舌からすり抜けていく言葉を

ボヘミアン　おお　詩人

そして君は剥奪する

人生から定義を
ついでの振りをして意味を
君は剥奪する
言葉から意味というしがらみを
歴史学的とか民俗学的とか哲学的とか宗教的とかを
君は剥奪する
あらゆる色素を
(色素はつまらない害虫である)
君は意味を剥奪した言葉で
語る
音叉の中間で震える声帯の波動
無意味に鼓膜に伝達される波動
何もない美しさ
(それとも愛)

ボヘミアン　おお　詩人

二本の割り箸
二本のサーベル・タイガーの牙
ナイフとフォーク
の区別など
トポロジーの滴りとなって
エンサイクロペディアの
言葉になる前の
気泡の中の真空を
くねらせなくては

ボヘミアン　おお　詩人

二本の割り箸でカケ蕎麦をたぐっている

君はただそれだけを
メビウスの輪のように
くねらせている
ということに意味はない
（言語にとって意味とはなにか）
フッ　笑い
醜悪な言葉には
意味がある
笑いには意味がない

ボヘミアン　おお　詩人

虚数の王
純水の祭司
無意味であるからこそ

君は不死の人である
または
でしかない

君は十三日の金曜日の夜に
玩具箱の蓋を閉じて
去ってしまった

風景について

気がつくと
フレスコ画の風景の中にいた
地平線が円周であることが
この高みからはよく見える
ゴルゴダの丘は無人で
十字架は無人で
鴉が舞っている
夜空から千の目の星が
みつめている
産声のように声を出す
私は何者なのかと

十字架の乾いた血糊は私の一部なのか
誘惑の蛇の抜殻なのか
鴉なのか
千の目の星なのか
あなたは不在なのか
死んだのか
この円周は閉じられているのか
開かれているのか
答えによって私は
どちらかになり　あるいは
二つに裂ける
しかし　このフレスコ画の風景の中から
脱け出すことは
できない
だろう

黒い本

黒い本の
扉を開けると
錆付いた音色で
古代の歌が始まる
マリアはいつから
聖母になったのか
イエスを
処女懐胎したとき
からなのか
イエスが
処女膜を

子宮から
突き抜けたときから
なのか
最後の晩餐に
不在であったときから
なのか
ピエタとして
イエスの死体を抱いたとき
からなのか
ヨゼフとの暮らしに戻ったときから
なのか
マリアよ
あなたは
何者なのか
と

問うてはならぬ
だが
もうこの黒い本を閉じるには
遅すぎるのだろうか

頭痛について

頭骸骨の縁を
いつものように悲しい神父が歩いてくる
ブラウン神父のように汗を拭きながら
神の前ではこの世に謎は無いのだと呟きながら

神父よ
非情の神に仕えし者よ
この世界を記述するときに
口篭るのは止めて
昨夜の悪魔のように
あけすけに魂の値段交渉をしないか

神父よ
女より生まれし者よ
（あなたを貶めているのではない）
女より生まれしゆえに
聖母マリアを愛する者よ
（あなたを辱めているのではない）

神父よ
山という山が火を噴き
海という海が逆巻き
川という川が氾濫するような
悪魔の明晰な言葉でこの世界を
記述しないか
この世の謎を明快に解決するように
神の国の神秘を

断定しないか

神父よ
この世界のあらゆる音律は調和できないから
頭痛は酷くなるばかりだ
脳と頭蓋骨の間の空間に
頭痛の音が谺して
いつのまにか
脳が萎縮しているようだ

アトランティス　ムー　レムリア
パンゲア　ローラシア　ゴンドワナ
エデンはどこに在ったのか

頭痛がするのは

ユーフラティス河で人面魚がはしゃいだからでも
マリアナ海溝でネモ船長がくしゃみをしたからでも
マダガスカル島の沖でシーラカンスがしゃっくりをしたからでもない

神父よ
時間のない楽園に神はおわすのか
それとも一匹の蛇

風の断片　I

そこはキリスト教の幼稚園だった。クリスマスの朝であったのだろう。母に炒り玉子が菜の花畑のように敷き詰められたアルマイト製の小さな弁当箱を手縫いの袋に仕舞いズックの小さな肩掛け鞄につめてもらって登園するといつもと様子が違っていた。半分ほど開かれた所々に赤錆の浮き出した鉄柵の門を入ると正面に聳えている何処から見上げても尖塔の先が見えない教会の扉が八文字に開かれシスター達の白と黒との制服が音もなく出たり入ったりしていた。いつもは動いたこともない教会の鐘が遠慮なく鳴り渡り担任のシスター達の後ろにそれぞれ二列になって園児達は教会の中へと前の園児の背中を突付いたり手をつないだ園児の掌を抓ったりしながら静かに入っていった。中央奥の祭壇には大柄の外国人の神父様が鼻眼鏡を弄りながら大きな聖書を開いて祈りの言葉を呟いていた。説教の内容は覚えていない。理解しなかったからだろう。ただ最後に神父様とシスター達と園児達が唱えたアーメンという言葉が高い天井に谺して見上げるとステンドグラスの窓が一斉に日の光を透して輝く様はよく覚えている。こうしてあの朝の礼拝は滞りなく終わったのだった。

教室へ戻るとシスター達が金平糖を配り始めた。今日がイエス様の特別な日であることを園児達に伝え礼拝の間大人しく前を見詰めていたことを大袈裟に誉めながら色とりどりの金平糖が一つづつ園児の小さな掌に載せられていったのだった。私は一番後ろに座っていたので私の番が来たときには何の変哲も無い白い金平糖しか残っていなかった。私は赤や黄色や緑の金平糖が欲しかったのだけれど何も言えずに掌をおずおずと差し出したのだった。頬張ると砂糖が唾液に溶け出してその甘さが舌の両端からきゅっと痛くなるほどどっと唾液を噴出させた。自然に溶けるのを待ちきれずに噛み砕くと砂利のように口中に広がり喉の奥へ溶け去っていった。そのあっけなさにまだ食べていない園児の掌に乗っている決して私のものにならない色の付いた金平糖を観ると羨ましい気持ちが涙となって溢れそうになった。あの頃は羨望が罪とは知らなかったのだ。

それからシスター達はお手製の紙芝居を始めた。最初の絵はアダムとイヴと蛇と悪魔の話だった。蛇は畦道でよく見かける縞蛇とは違って口から伸びた二つに裂けた舌が絵本で見た火龍の炎のように真っ赤に塗られていて怖くて吐き気がした。悪魔はどこか神父様に似ているような気がしたけれどそんな質問は恥ずかしくてできなかった。アダムとイヴは何故か白い衣装を纏っていた。二人とも金髪で鼻が高くてどちらがどちらなのか分からなかった。絵は次々に変わりイエス様をマリア様が抱いている絵になった。イエス様の顔は思い出せないけれどマリア様の顔を見て私は立ち上がって「おかあさん」と叫んでいた。シスター達も園児達もいっせいに私を見たので恥ずかしくなって真っ赤になって下を向いてしまった。「ソウデス。まりあサマハミナサンスベテノおかあさんデス」。背後から声が降りてきた。いつのまにか私の十倍の大きさの神父様が黒い服を着て同じくらい大きな黒い影で私を包んでいた。遥かに高く聳える鼻の両側の鼻の穴と灰色がかった青い目を見上げながら悪魔の絵を思い出して怖くなった。背中から首筋へと鳥肌が立ち私は背中から翼が生える痛みに眼が眩らみとうとう泣き出してしまった。泣きながらみんなのおかあさんなんて嫌だ私だけのお母さんでなくてはと両の掌を握り締めて言おうとしたけれど恥ずかしくて我慢した。掌を開くと四つづつ爪の跡が残っていた。あの時生えた翼は天使の翼だったのかそれとも悪魔それとも片翼づつだったのかは今も分からない。

お昼になって母の手縫いの小さな袋から小さなアルマイト製の弁当箱を取り出して蓋を開けると泣いて腫れ上がった目に菜の花畑から一斉に黄蝶が飛び立つのが見えた。私は急に母に会いたくなって弁当箱に蓋をして袋に入れなおしシスター達がお茶を取りに行った隙に町で一番高い煙突のある工場の母の仕事場へと歩き出した。門の鉄柵まで爪先立ちで歩いていきそこからは蝶達に紛れ風に吹かれて一散にこの閉ざされた空間から走り去ったのだった。

風の断片　Ⅱ

ある朝世界に終わりがきた。私は喪服を着た母と祖父の葬儀に参加するために朝早く起こされて肘につぎのあたっていない一張羅の灰色の鼈甲色の釦が不釣合いに大きな服を着て最寄の停車場への通り道にある幼稚園の前に来た時に教会の鐘がくぐもった音で鳴り出した。足を止め教会を見ると教会の正面の扉は広々と開かれその前には母親だけの場合もあったが大方は両親に連れられた園児が幾組も幾組も群れていた。園児達は皆エナメルの靴を履いていて時々朝の光に光ったりしていた。男の子も女の子も貸衣装屋の衣装のようにぎこちなく着こなしていたが様々な色合いが紅葉の散り降る池の錦鯉を思わせた。皆目を伏せて黙って立っており戸口に現れたシスター達の後に続いて沈黙と連れ立って消えていった。「今日は洗礼式があるのよ」と不審な目で見上げると母が言った。「結構多いわねえ」と続ける。「でもみんなじゃないよ」とすこしむきになって口答えると「他の児は済んでいるのよ」と淡々と母が答える。私は私一人が取り残されているのだと気が付いて心臓が締め付けられて怖くなった。もうこの幼稚園の中には私の周りには誰もいないのだと思うと目頭が熱くなってきた。こんな時に話すとべそをかいたような情けない声になるのが嫌だったけれどやっとの思いで「どうして僕は洗礼式に行けないの」と母を詰ったのだが「洗礼を受けるかどうかは大きくなってから自分で決めなさい」と母は厳しい口調で返し「今日はお葬式の日なのよ」と私の手を強く引いて私達はその場から去ったのだった。振り返ると人気のなくなった入り口は既に閉ざされていてその時に私はそのキリスト教の幼稚園という楽園から追放されてしまったことを喪服の上に見えた母のマリア様のような魔女のような端正な顔に直感したのだった。

風の断片　Ⅲ

物心がついてから私は私の家庭が周囲と目には見えない何処かで切断されているような気がしていたのだが母と二人の家庭には酒や煙草といった男の臭いがしなかったし私は幼なすぎて男の臭いを撒き散らすことができなかったし何よりも隣近所のどこの家庭にもいる父という男が見当たらなかったからでもある。近所の幼児達が父という男の逞しいズボンにしがみついて猿のように歩いているのを見るとわけもなく妬ましい感情が喉を詰まらせたがそういう時先回りして母は「お父様はサナトリウムという処にいらっしゃるのよ。今はお会いできないけれど必ずお帰りになるのよ」とどちらを慰めているのか分からない口調で言ってから「ですから我慢しなさい」と厳しい眼差しで私の感情が言葉になるのを許さなかった。

物心がつく前に父は家庭からいなくなっていたのだから私は父の顔も姿形も臭いも記憶になかったので父の不在から来るのであろう不充足感は漠然としていて焦点を結ぶことはなかったがだからこそ不安は耐えがたく一人でいることに耐えがたくて家の中では母に付き纏っていたのだった。母は「大丈夫よ。今は忘れていてもお父様に会えばすぐに思い出します」とどこか遠い所に焦点を合わせたような口調で宥めてくれたが私はいつか私の前に現れるであろう父という男がこの不充足感を消し去って近所のどの家庭とも同じ幸せをもたらしてくれると思う嬉しさよりも母と二人の空間が消滅してしまうかも知れないという直感に打ちのめされてやがて姿を現すであろう父は私と母との関係を断罪する神ではないのかという不安がますます込み上げてくるのだった。

風の断片　Ⅳ

教会では日曜の朝ごとに日曜礼拝が行われていて入信している家庭の園児や両親だけではなくて幼稚園に子弟を通わせている家庭なら誰でも参加できたのだが母は私を連れて行こうとはしなかった。私の家系は御一新以来のキリスト教徒であったのだがということは父も祖父も祖母も曽祖父も曾祖母もキリスト教徒であったということなのだが何故か母は入信しなかったのだ。その理由は今もって謎である。サナトリウムに入っていた父と肺癌で死線をさ迷っていた祖父に代わってこの幼稚園を決めたのは時々御機嫌伺いに行く母に連れられて秋には一面に団栗を降り注ぐ樫の大木に囲まれた初夏には一面に広がった苺畑となって甘酸っぱい匂いに満ちる広い庭の奥まった教会を模したようなこじんまりした建物の陽当りの良い廊下で飴色に使い込んだ籐椅子に腰をおろして朝と夕方静かに聖書を読んでいた祖母であった。この幼稚園は祖母のつまり我が家系の宗派とは異なっていたのだがどの宗派でも最後はイエスさまの御許に行けるのだから何も心配することはないというキリスト者としてあるまじき考え方をしていた祖母は母が入信しないことについても一切非難しなかった。

私は私の知らないところでなにかしらとても大切な秘密のように行われている日曜礼拝が気になって仕方がなかったので母にせがんで連れて行ってもらおうと思ってある朝幼稚園の前で仕事に行く母と別れる時にさも大した事ではないような素振りで小石を蹴りながら振り返ると「そんなに行きたいのなら一度だけよ」といつものように母に見透かされてしまったのだった。

次の日曜日の朝母は私の手を何処へも行かせないかのように固く握り締めて私はその指の一本一本から伝わってくる神経線維の電流に支配されて手が痛いと訴えることも出来ないままに教会の入り口まで嬉しいはずの気持もすっかり冷え切って歩いていった。「あら、お珍しい」「お世話になります」「さあ、ご遠慮なくどうぞ」といったような会話が無表情な母と笑みを浮かべたシスター達の間で交わされたはずだが私の記憶には残っていない。高らかに鳴る鐘に急かされて扉を潜ると既に内部は会衆で半ば埋められていて私と母は一番後ろの丈が高くて座ると地に足がつかず足の裏から不安な気持ちが這い登ってくる木製の長椅子に腰掛けた。人々は誰も話をせず固い肩を並べて中央の祭壇を見つめていたのだが教会のステンドグラスの窓を超え暗くて高い天井まで人々の沈黙が生み出した重々しい空気が溢れて静寂がこれほど様々な音や色に満ちていることに圧倒されていた。

やがて神父様が現れシスター達が前に並び日曜礼拝は始まり神父様は聖書の一節を読み注釈を加え最後は全員がアーメンを唱えて説教は終わった。それからシスター達が賛美歌を歌い始め会衆全員が一人を除いてというのは母が歌っていないことに気が付いたからだが唱和し始めた。賛美歌を聴くのはシスター達が時々歌っているのを聞いていたので初めてではなかったがそこにいる一人を除いたすべての人の歌声が天井の高い空間に反響して追いかけるように陶酔していく歌声のロンドの中にいると涙が零れそうになって隣に座っている母を見上げると母の目から一粒また一粒と涙が落ちてきた。母は泣いていたのだった。マリア様は神の子イエス様のために泣かれたが神を信じない母は誰のために泣いていたのだろうか。こうして一度きりの日曜礼拝は終わったのだが何事もなかったかのように今度は柔らかく私の手を握った母と家路に着いたのだった。

風の断片　V

ひょっとしたら私に物を作る才能があるのかも知れないと母が思い始めたのはいつの頃からだったのかは定かではないがひとつだけその切っ掛けだろうと思い出すのはシスター達が園児達全員に粘土細工を作らせてというのはその市の教育委員会の主催で秋の学校文化祭が開かれることになり幼稚園の部に参加することになったのだということは後になって知ったのだがそれらをその市では多少とも名の通っていたらしい彫刻家のベレー帽を被った男が気取った歩き方で見て回った時に私の作った粘土細工の犬を覗き込んで「これはワンダフル」と宣告した時であったのではないかと思う。私はその男が絵本で見た「イワンの馬鹿」の悪魔にそっくりなので怖くて俯いたままだったがシスター達は喜んで頭を下げていたというのも場所の大きさの関係で園児達全員の作品ではなくその男の御眼鏡にかなったものだけが出品されることになっていたのだった。その男は私の犬の他に幾つか長い指でひょいと摘み上げて黒い大きなボストンバッグに仕舞い込むと来た時と同じ悪魔の足取りで消えていったのだった。

夕食の時に母は訝しげな目つきで誉めてくれたが私の嫌いな人参をせっせと私の皿に入れる手を休めなかった。しばらくすると教育委員長賞という賞状が大仰な筒に入って送られてきたというのは風邪をこじらせて表彰式に欠席したからなのだが母もやっと信じた目になったのだったが粘土の犬は今度は県の文化祭にそのまま出品されるとのことで返還されずそのまま行方不明になってしまったので母は私の犬を見ることはとうとうなかった。悪魔は喜ばせるだけ喜ばせて大切なものは取り上げて決して返してはくれないのだった。

しばらくして突然母はクレヨンを買ってきて私に御褒美だといった。それは当時としては珍しく高価な24色のクレヨンで給料日に大奮発したのだったが私は使うのはおろか手に取るのも勿体無く感じてずっとこのまま母から頂いたままで持っていたいと毎日眺めているだけだったのでとうとう母は私の手を取って赤いクレヨンを握らせ有無を言わさず画用紙の上にお日様を描いたのだった。私が減ってしまった赤いクレヨンの先を見つめて情けなくて泣きそうな気持ちになっていると「いつかはなくなってしまうのよ。なにもかも」と母が私にかそれとも自分にか言い聞かせるように呟いたのだった。

後書き

本書は昨秋上梓した『雪になりそうだから』（ふらんす堂）『パンゲア』（ミッドナイト・プレス）に続く第三詩集である。

時系列的に言うとそうなるのだが、収めた詩篇は前の二詩集に収めた詩篇と同時期に作ったものなので、言ってみれば三つ子の詩集である。一冊に纏めることも考えたのだが、傾向の違う詩編が混在すると詩集としてのまとまりに欠けると思い直して三分冊としたものである。

この詩集では「戦後」という今にして思えば不思議な空間とそこでのキリスト教との出会いを中心に纏めてみた。人生の先もそろそろ見えてきて、私にとっての「戦後」に一応のケリをつけようと思ったのだ。

一口に「戦後」と言っても、各個人が置かれた環境によってそれぞれ異なったイメージを持っているはずである。同じ焼野原を見ていても『青い山脈』のように「自由」「解放」と捉えるのか『斜陽』のように「転落」「喪失」と捉えるのかでは百八十度異なる。農地解放で悲願の田畑を手に入れた小作人と農地のほとんどを失った失った地主階級とでも同じくらいの差異があるだろう。とにかく「戦後民主主義」と言う言葉で一括りにはできない混沌が渦巻いていたはずだ。

このような詩集であるが誰かの心の中で共鳴してもらえる幸運を願うのみである。

2015年9月

著者略歴

１９４６年愛媛県生まれ。
学生時代に詩作を始める。大学卒業後中断。
２００４年より35年振りに再開。
詩の他に俳句、短歌などを作る。
詩集『雪になりそうだから』（２０１４年・ふらんす堂）
詩集『パンゲア』（２０１４年・ミッドナイト・プレス）
句集『ハイド氏の庭』（２０１２・文学の森）

詩集　風の断片

2015年11月10日　初版発行

著者　石原 明

発行・発売

創英社／三省堂書店

〒101-0051　東京都千代田区神田神保町1-1

Tel 03-3291-2295　　fax 03-3292-7687

印刷／製本　シナノ書籍印刷

ISBN：978-4-88142-932-7　C0092